Les Joues en feu

RAYMOND
RADIGUET

———

Les Joues en feu

poèmes 1917-1921

Précédé d'un poème de Max Jacob
et d'un avant-propos de l'auteur

Bernard Grasset
Paris

ISBN : 978-2-246-79027-3
ISSN : 0756-7170

Les Joues en feu/Raymond Radiguet

Raymond Radiguet naît le 18 juin 1903 à Saint-Maur-des-Fossés. Il est le fils du caricaturiste Maurice Radiguet et d'une institutrice, Jeanne Marie Tournier. En 1909, il entre à l'école communale, devient un excellent élève, puis la quitte quatre ans plus tard. À la déclaration de guerre, en 1914, Maurice est réformé comme père de famille nombreuse. Jugé trop jeune pour entrer dans un grand lycée parisien, Radiguet passe, et obtient, son certificat d'études en candidat libre. En 1916, il entre au lycée Charlemagne après avoir été reçu au concours des bourses. Travaillant peu, manquant les cours, il perd sa bourse moins d'un an après et quitte l'établissement ; hors du circuit scolaire, il occupe ses journées à lire et à se promener le long des bords de la Marne. Maurice Radiguet avait obtenu d'André Salmon, directeur de L'Intransigeant, d'y devenir illustrateur ; et c'est en déposant les œuvres de son père que le jeune Raymond propose à Salmon ses propres dessins. Il en donnera plus de dix dans L'Intransigeant et Le Rire rouge (l'édition de guerre du Rire dont il devient le secrétaire de rédaction à la fin 1917), sous le pseudonyme de Rajky. Il rencontre la même année Alice Saunier, avec qui il entretiendra une liaison jusqu'au terme des combats. Cet amour interdit avec la femme d'un soldat au front sera le sujet de son premier roman, Le Diable au corps. *En 1918, âgé de 15 ans, il publie ses premiers écrits ; d'abord les premiers vers dans la revue* SIC, *puis une saynète dans* Le Canard enchaîné (Galanterie française) *ainsi que des articles pour les journaux* L'Heure *et* L'Éveil. *Période également marquée par sa rencontre, lors d'une exposition de peinture, avec Max Jacob et celui qui dira plus tard de lui qu'il fut « son élève et devint son maître » : Jean Cocteau. De Tristan Tzara à Guillaume Apollinaire, en passant par André Breton et Louis Aragon, les auteurs saluent le talent poétique du jeune garçon qui, désormais, fréquente le Tout-Paris des arts. En 1920, il fonde la revue* Le Coq *avec Jean Cocteau et publie son premier recueil de poèmes :* Les Joues en feu *dans une édition illustrée par Jean Hugo à La Belle Édition. Lors d'un voyage en Auvergne avec Jean Cocteau à l'été 1921, il écrit* Le Diable au corps. *L'auteur des* Enfants terribles *raconte dans ses* Entretiens *avec André Fraigneau qu'il lui fallait l'enfermer à clef dans sa chambre pour qu'il écrive « son chef-d'œuvre ». Le roman est présenté à Bernard Grasset ; moins d'un mois plus tard, Radiguet signe son premier contrat pour la publication du* Diable au corps. *Le livre paraît le 10 mars 1923, accompagné d'un battage publicitaire sans précédent (qui vaudra au président des Éditions Grasset une campagne de presse contre ses méthodes). Le sujet de l'œuvre fait scandale et range aussitôt celle-ci parmi les livres marquants de son époque.* Le Diable au corps *remporte le prix du Nouveau Monde dont les jurés étaient, entres autres, Jean Giraudoux, Paul Morand, Valery Larbaud, Jean Cocteau ou encore Max Jacob.*

Radiguet reprend l'écriture d'un roman qu'il avait commencé en 1922, Le Fantôme du devoir ; *il devient* Le Bal du comte d'Orgel. *Si* Le Diable au corps *paraît être le chef-d'œuvre d'un génie précoce,* Le Bal *est d'inspiration plus classique. Radiguet ne s'est jamais caché des références nombreuses aux romans de madame de La Fayette. Cocteau : « Radiguet a posé son chevalet devant* La Princesse de Clèves. *» Il n'en verra jamais la publication, étant mort de la fièvre typhoïde le 12 décembre 1923, seul, dans une clinique parisienne. Un an après sa mort paraît* Le Bal du comte d'Orgel *sur fond de polémique à propos d'une possible réécriture du roman par Jean Cocteau.*

Le recueil de poèmes qui avait paru une première fois en 1920 à La Belle Édition a été réédité en 1925 chez Grasset. La nouvelle édition comporte certains poèmes de la première version et d'autres ayant été publiés dans la revue Le Coq. *Tous ont été écrits entre 1919 et 1921. À la lecture des* Joues en feu, *on ne peut s'empêcher de penser aux mots de Cocteau dans son article « Cet élève qui devint mon maître » où il écrit de Radiguet « qu'il avait la folie de l'enfance et la gravité de l'âge mûr ». Sans le savoir, Radiguet avait répondu d'avance en déclarant, un mois avant sa mort, que « c'est un lieu commun que pour écrire il faut avoir vécu. À tout âge, et dès le plus tendre on a à la fois vécu et l'on commence de vivre » ; et de revendiquer « le droit d'utiliser ses souvenirs des premières années, avant que soient arrivées nos dernières ». L'âge, toujours l'âge qui justifie son choix d'avoir rassemblé ces poèmes qui, écrit-il, lui paraissent apporter « quelques lueurs sur un âge assez obscur – le véritable âge ingrat » ; et d'avancer que « l'intérêt le plus sûr de sa production est sans doute* d'ordre psychologique ». Propos qui ne renvoient pas seulement à la confrontation entre sa jeunesse et l'obsession de la mort, mais aussi à la sobriété d'un style, le plus souvent dénué de lyrisme. À la densité des symboles et aux sentiments, l'écrivain a préféré la netteté d'images colorées, proches d'un imaginaire enfantin. L'hétérogénéité de ce recueil rend toute tentative de filiation risquée ; certains poèmes font penser au style d'Apollinaire, à tel point que ce dernier, irrité, avait fait remarquer au jeune homme une trop grande ressemblance entre ses vers et quelques poèmes d'Alcools. L'école fantaisiste, dont Paul-Jean Toulet était le chef de file, semble également l'avoir marqué. Sans appartenir à une quelconque avant-garde, à laquelle il était loin de croire, Radiguet colle à ce qu'il y a de plus moderne dans la poésie de Cocteau. Un soir d'août présente le même souci de mise en page et de positionnement typographique que le Le Cap de Bonne-Espérance (1916). Et si certains ne voient qu'un raffinement superflu dans cette nouvelle façon d'occuper la page, on renvoie à la lecture du très bon article de Jean Cocteau, « De l'impression », où il combat une certaine réaction académique.

Si la postérité n'a pas de mauvaises raisons de retenir Raymond Radiguet comme un génie précoce du roman plutôt que de la poésie, Les Joues en feu présentent déjà l'intelligence que l'on retrouvera dans ses romans et que Cocteau nommait « Un mariage presque incompréhensible entre la méditation et le jeu, entre l'ordre du premier de la classe et le désordre de l'élève qu'on renvoie du collège. » Il voulait être vieux, méprisait la jeunesse (qu'après tout il a fuie) et, pourtant, certains de ses vers sont le fruit d'une conscience de l'éternité qu'aucun âge *de la vie ne révèle mieux que l'enfance. Ainsi ceux qui concluent Déjeuner de soleil : « À mon âge les pleurs manquent de charme ; / J'irai près du soleil, dans le grenier, / Afin que sèchent plus vite mes larmes. »*

La légende de Radiguet prouve l'importance de ses poèmes car ce sont eux qui provoquèrent l'admiration de Max Jacob et de Jean Cocteau ; et que serait Radiguet sans l'auteur de Plain-Chant ? Ce dernier l'avait choisi pour « être son chef-d'œuvre » et ne recula devant rien pour parfaire la gloire du jeune garçon. Il n'est pas trop de dire que Cocteau fut le peintre de l'icône que la postérité a faite de Raymond Radiguet. Ces poèmes ont séduit l'un des plus grands génies du XXe siècle ; assez du moins pour qu'il consacre de son talent à faire fleurir celui d'un autre. Aussi ce recueil doit-il être pris pour ce qu'il est : les prémices d'un grand talent qui restera, à jamais, tel que Cocteau l'a regretté : « un enfant après la course, seul au monde, assis dans une gloire, les joues en feu ».

Note de l'éditeur pour l'édition de 1925

Raymond Radiguet a lui-même conservé pour l'ensemble de ses vers le titre de son premier recueil. Tous ses poèmes furent écrits entre 1917 et 1921, de 14 à 18 ans.

Les premiers datent de 1917-1918 (Parc Saint-Maur), les vers réguliers d'avril 1920 (Carqueiranne) ; certaines pièces, comme

Déplacements et Villégiatures, furent écrites à Piquey (Bassin d'Arcachon) en 1921, pendant qu'il commençait *Le Diable au corps*.

C'est à Piquey, en septembre-octobre 1923, que, saisi d'un besoin d'ordre mystérieux en terminant *Le Bal du comte d'Orgel*, il classa ses poèmes et composa leur préface.

Esprit de
Raymond Radiguet

À Jean Cocteau.

Contemplez l'harmonie des choses.
Ô soleil de l'esprit réchauffez l'agonie…
Dans un nimbe arc en ciel géantes sont les roses !
Esprit ! ta boutonnière est une apothéose.
La musique a gelé dans l'air froid
comme une vérité céleste :
les bruits montent à toi et la fumée des rites
« Les magistrats, le peuple, malades et parents !
« L'esprit tombe de moi comme des stalactites.
« Siècles ! entre nuit et jour je tremble à l'Orient
« et ce nimbe assaisonné par le salpêtre

« de ma pure photographie où se résument les
ancêtres. »
Le devoir réglait les passions humaines,
mais la honte retient le troupeau dans sa laine,
le fossoyeur au trou, l'aveugle au parapet.
Au loin, sous des portails ultraviolets,
chauves-souris se torturaient de leurs compas :
l'Enfer !! Les béquillards et leurs bras en écharpe,
les animaux qui n'ont que des faux pas,
enchaînés, déchaînés, faisaient des sauts de carpe.
Contemplez l'harmonie des choses,
le monde était pour toi, Raymond, plein de valeur
et ton siège en plein ciel, à de telles hauteurs !
Tu transformais nos vies en vérités célestes
dans l'air doux et froid.
Tu veillais sans un mot ! sans un geste !
Que tes frères les anges ne s'éloignent pas de toi.
Tu montes jusqu'aux ciels où tu vécus toujours.
Tu vécus de l'Esprit et c'est lui qui t'accueille
sur de pâles buissons de fleurs vives et de feuilles.
Ô calme amour des lettres ! Amour !

MAX JACOB.

Avant-propos

Je publie ces poèmes dans l'ordre chronologique. C'est le seul qui leur convienne. Car, loin de chérir cette sorte de colin-maillard auquel des écrivains se livrent avec leurs lecteurs, je n'ai d'autre souci que d'être entendu. En relisant ces poèmes, détachés de moi, il me semble qu'ils peuvent apporter quelques lueurs sur un âge assez obscur – le véritable âge ingrat, seize, dix-sept, dix-huit ans. À ce moment de la vie, les mois ont la valeur d'années. Cette dernière considération m'a décidé à faire lire ces poèmes comme ils furent écrits. J'ai préféré sacrifier à l'agrément typographique, plutôt que d'éteindre ces lueurs, qui proviennent à la fois des feux naturels à l'aurore, et d'incendies moins prévus.

Le premier de mes poèmes, Le Langage des fleurs ou des étoiles, *est daté de mars 1919, le* dernier d'août 1921. C'est à ce moment que je commençai Le Diable au Corps. *Depuis, je n'ai pas écrit de poèmes. Mais si celui qui ferme ce recueil s'appelle* Un cygne mort…, *il ne faut y voir aucune malveillance à mon adresse.*

J'éprouve des sentiments trop tendres envers la clarté, pour garder le silence sur le mystère de ces poèmes, et feindre de l'ignorer. Ce mystère ne provient nullement d'une esthétique, il n'est point le résultat d'un pari. Je n'en trouverai pas la justification où l'on a coutume de l'aller chercher. Pourquoi m'autoriserai-je de l'obscurité de certains de mes devanciers ? Si l'on me blâme, si l'on me loue, il ne faut louer ou blâmer que moi. Mes poèmes sont l'expression naturelle d'un mélange de pudeur, de cachotterie propre à l'âge auquel ils ont été écrits. Si tout n'y est pas clair, il n'en faut point accuser mes poètes préférés. Car c'est Ronsard, Chénier, Malherbe, La Fontaine, Tristan Lhermite, qui m'ont dit ce qu'est la poésie. Si j'en goûte de plus récents, je n'ai pas pu en tirer de leçon, du moins aucune qui me donnât envie de les suivre. Quels mauvais maîtres ont enseigné à toute une jeunesse que, pour atteindre au cœur des choses, il suffit de les dépouiller de tout ce qui les entoure, et qu'en supprimant les barrières, on touche la poésie de plus près ?

☆

Serait-ce le fait d'une modestie peu commune qu'un poète confessât que l'intérêt le plus sûr de sa production est sans doute d'ordre psychologique. Les Joues en feu pourront peut-être éclairer une minute particulièrement mystérieuse : la naissance de Vénus, qu'il ne faut pas confondre avec la naissance de l'Amour. C'est avant ou après notre cœur, que s'éveillent nos sens ; jamais en même temps. Aussi, ces poèmes ne me semblent pas frivoles, après Le Diable au corps *– ce drame de l'avant-saison du cœur. Des vieillards me feront peut-être le reproche qu'ils m'ont déjà fait : manquer de jeunesse. On étonnerait bien ces romanesques en leur disant que c'est déprécier les choses, et les méconnaître, que de les vouloir autres qu'elles sont, même quand on les veut plus belles. Peut-être aussi m'accusera-t-on encore de libertinage. L'erreur d'optique qui fait juger licencieuse une œuvre où tout est dit purement et simplement, a bien valu de nombreux acheteurs à mon premier roman. J'espère qu'ils ont été déçus. Mais faut-il en être sûr ?*

Daphnis et Chloé, *le roman le plus chaste du monde, n'est-il pas un de ces livres que les collégiens lisent en cachette ? Et plus d'hommes qu'on ne croit restent des collégiens toute leur vie. Niaises curiosités, rires à contretemps, combien peu, avec l'âge, s'en débarrassent.*

Parmi les autres choses qui pourraient dérouter le lecteur attentif, je m'en voudrais de n'en pas signaler une au moins. Après qu'il aura lu la première moitié de ce recueil, et qu'il lui aura semblé comprendre que l'auteur veut pour chaque poème une forme particulière, il sera surpris de me voir adopter une forme, sans doute assez élastique dans sa monotonie, mais du moins, au coup d'œil, toujours semblable. C'est que tous ces poèmes en octosyllabes, rimés quand cela me chante, sont de la même inspiration. Ils ont été composés en mars et avril 1921, au bord de la Méditerranée. Sur ses rivages antiques, à moi naïf habitant de l'Île-de-France, la mythologie se montra vivante et nue. Après les nymphes de la Marne, Vénus au bain, il y a de quoi vous tourner la tête ! C'est dans certains de ces poèmes que la sensualité la plus gourmande se cache le moins. Puis l'on voit s'évanouir doucement cette singulière apparition de Vénus.

R. R.

Le langage des fleurs
ou des étoiles

J'ai demeuré pendant quelque temps dans une maison où les douze jeunes filles ressemblaient aux mois de l'année. Je pouvais danser avec elles, mais je n'avais que ce droit ; il m'était même défendu de parler. Un jour de pluie, pour me venger, j'offris à chacune des fleurs rapportées de voyage. Il y en eut qui comprirent. Après leur mort, je me déguisai en bandit pour faire peur aux autres. Elles faisaient exprès de ne pas s'en apercevoir. En été tout le monde allait prendre l'air. Nous comptions les étoiles chacun de notre côté. Lorsque j'en trouvai une en trop, je n'ai rien dit.

Les jours de pluie seraient-ils passés ? Le ciel se referme. Vous n'avez pas l'oreille assez fine.

Incognito

Soi-disant diseuse de bonne aventure
                On est presque nu
Des portraits de famille
Il y en a qui seraient honteux
                Une rue déserte
Plus tard elle portera votre nom
Les nuages descendent à terre
Ils gênent nos pas
        Les hommes qu'on a mis en prison
        ne se doutent de rien
Des bêtes féroces gardent la capitale
Pourtant nous ne sommes pas bien méchants
            La clef des champs
            Je vous en prie

Un soir d'août

L'avenir,
Ici
La dame le prévoit,
Exception faite
Des jours de fête,
Quand on traverse le viaduc.

Les demoiselles d'honneur,
Cela va sans dire,
Se laissent conduire.

De quoi vous plaignez-vous ?
Est-ce ma faute
Si ces rameurs
N'y vont pas de main morte.

Dans les verres
Tiédit l'orangeade.

                              Un soir d'août,
                              N'importe lequel.

Tombola

On dirait la Grande Roue.

Une broche à l'heureux gagnant ; le pauvre marin, ne sachant qu'en faire, de rage pique au vif l'azur de son béret, et, à défaut d'un prénom de femme, y fait inscrire celui de son bateau.

— Où puis-je avoir laissé mon éventail ?
— Vous ne voyez pas d'ici ? Il fait la roue, sur la pelouse, où des trèfles à quatre feuilles poussent en cachette.

Les jeunes filles qui montent en balançoire rougissent chacune à leur tour : leurs robes blanches s'accrochent aux bras de l'épouvantail.
— Elles aussi sont toutes rouges, les cerises.

Sans faire de jalouses, le galant épouvantail offre des boucles d'oreilles.

Le pauvre marin ne possède d'autre bijou qu'une broche, gagnée à la tombola.

Déjeuner de soleil

Ah ! les cornes : c'est un colimaçon.
Paresseuse, si vous voulez nous plaire,
Désormais sachez mieux votre leçon.

Nous ne sommes plus ces mauvais garçons
Ivres à jamais de boissons polaires,
Depuis que les flots vivent sans glaçons.

Seize ans : les glaces sont à la framboise.
Je ne viderai pas votre panier
Avant la mort de cette aube narquoise.

À mon âge les pleurs manquent de charme ;
J'irai près du soleil, dans le grenier,
Afin que sèchent plus vite mes larmes.

Une carte postale :
les quais de Paris

On a remplacé les coquillages
Par des boîtes à livres. J'appris
Qu'il est de bien plus jolis rivages,
En feuilletant les livres de prix.

Cher ami, sans retard levons l'ancre ;
Encrier triste comme la mer.
De grâce, n'écrivez plus à l'encre :
Les mots qu'on y pêche sont amers.

Emploi du temps

Mécontents si Dimanche ignore les pensums,
Au lieu de mots anglais mâchons du chewing-gum.
Souriez un peu, aurore à mon gré volage :
Le bonnet d'âne sied à ravir à votre âge.

On a le temps de rougir durant les vacances.
Puis après avoir lu tous les livres de prix,
Bouche en cœur, apprends à chanter faux des
                                        romances,
Souriant aux rosiers nains qui n'ont pas fleuri.

Une à une mes chansons mouraient en chemin.
« Le lieu du rendez-vous ». Déteigne une pancarte :
Le moindre de mes soucis, pourvu que demain
Les gratte-ciel jalousent mes châteaux de cartes.

Les doigts engourdis à force de réussites,
(Elle dans l'herbe folle perdant la raison)
Mensonges en fleurs ! Les soirs où vous vous assîtes
Les nouai-je en gerbe avec les brins du gazon ?

Votre regard m'accompagne en train de plaisir.
Plus morte que vive sous le pont qui l'outrage,
La rivière roule des sanglots de plaisir
À la fin eux seuls compagnons de mes voyages

CONCLUSION

Lasse de soulever d'indociles collines
Délaisse sans pleurs les pensums que j'inventais ;
Aurore, adieu ! En lambeaux la robe d'été,
Je me sens assez fort pour regagner les villes.

Paul et Virginie

Ciel ! les colonies.

Dénicheur de nids,
Un oiseau sans ailes.
Que fait Paul sans elle ?
Où est Virginie ?

Elle rajeunit.

Ciel des colonies,
Paul et Virginie :
Pour lui et pour elle,
C'était une ombrelle.

Amélie

Vagues charmeuses, ô peut-être votre essaim
Mouille le ramage des vieux oiseaux moqueurs.
Ils se moquent de nous qui perdîmes un cœur,
Cœur d'or que l'océan veut garder en son sein.

Faire entendre raison à des âmes pareilles !
En vain vous gazouillez, bijoux, à ses oreilles.
Cher René nous savons que c'est pure folie,
Ce voyage au long cours à cause d'Amélie.

Lettres d'un alphabet

BATEAU

Bateau debout, bateau hagard,
La danseuse sans crier gare,
Sans même appeler les pompiers,
Mourut sur la pointe des pieds.

FILET À PAPILLONS

« Papillon, tu es inhumain
Je te poursuis depuis hier. »
Ainsi parlait une écolière
Que j'ai rencontrée en chemin.

HIRONDELLE

Comme chacun sait, l'hirondelle
Annonce la belle saison.
Elle n'a pas toujours raison ;
Cependant nous croyons en elle.

INITIALES

Initiales enlacées
Sur le sable, comme nous-mêmes :
Nos amours seront effacées
Avant ce fugitif emblème.

LOUP

Neige un carnaval insolent ;
Je vous reconnais joli masque :
Ce loup fuyait sous la bourrasque
Des confettis roses et blancs.

MOUCHOIR

Amiral, ne crois pas déchoir
En agitant ton vieux mouchoir :
C'est la coutume de chasser
Ainsi les mouches du passé.

TIRELIRE

Enfant bientôt tu sauras lire,
Nous te comblerons de cadeaux.
Une pesante tirelire
Sera ton plus léger fardeau.

VITRE

Voici la mauvaise saison :
Le froid, qui est un assassin,
S'amuse à faire des dessins
Sur les vitres de sa prison.

Halte

Cycliste en jupe-culotte !
À travers tous les âges, la route nationale molle-
ment se déroule, comme ta bande molletière. Le
culte des obstacles est en honneur chez nos
ancêtres gaulois : poursuis le petit bonhomme des
chemins, malgré la borne kilométrique qui t'invite
à la fatigue, au repos de l'amour.

Tombeau de Vénus

Jouets des vagues, vos oreilles roses. Ô mes cousines, plus légères que l'onde, pourquoi l'orphéon océanique vous fait-il frissonner ? Voici Vénus. (Mais si vous voulez grandir, mes petites cousines, vous n'avez pas de temps à perdre.) Aujourd'hui, cueillette des plumes d'autruche ; bouquet de vagues frisées, l'éventail de Vénus.
Si elle se noie, nous lui élèverons un tombeau en coquillages.

Déplacements et villégiatures

I

Au sein des villes qui ont dès longtemps atteint l'âge de la stérilité, ah si l'encre pouvait se tarir ! Dans un magasin où je cueillais des Giroflées de Suède, nous frôlâmes Gertrude que l'on voit une seule fois pendant son séjour sur la terre ou la mer. Enseigne des gantiers : une attrayante image de la mort. Cette main de fer au-dessus de ma tête, n'est-ce pas aussi ma main que ne savent éviter les mouches ?

II

En robe du soir, l'infante de la dune frileuse m'offre son lait. Elle m'apprend à marcher sur le sable sans y laisser de traces. Nous nous exprimons dans des langues plus ou moins mortes. Cependant, le cavalier, à qui la mer va comme un gant, le futur noyé, l'oreille contre les vagues, les écoute décider de son sort, sans comprendre.

Automne

Tu le sais, inimitable fraise des bois
Comme un charbon ardente aux doigts de qui te
cueille :
Leçons et rires buissonniers
Ne se commandent pas.

Chez le chasseur qui la met en joue
L'automne pense-t-elle susciter l'émoi
Que nous mettent au cœur les plus jeunes mois ?

Blessée à mort, Nature,
Et feignant encore
D'une Ève enfantine la joue
Que fardent non la pudeur mais les confitures,

Ta mûre témérité
S'efforce de mériter
La feuille de vigne vierge.

Bouquet de flammes…

Bouquet de flammes (que délie
Des faveurs l'innocent larcin)
Où se noyer en compagnie
Des colombes de la Saint-Jean.

De l'eau qui ne peut en son lit
Obtenir la tranquillité,
Et des feux oisifs qui s'ennuient
Loin des lieux par Vénus hantés,

Roucoulent les vagues, singeant
Dans leur adorable colère
Un sein qui se gonfle de lait.
Ou de désir ? Plutôt cela.

L'école du soir

Aurore, à nul des cœurs qui saignent,
Ne vas recommander l'école
Où buissonnière on nous enseigne
La douleur plutôt que les jeux.

Un jour, en mousse se déguise
L'espiègle Vénus, et son col
Marin fait le ciel orageux ;
Demain en maîtresse d'école,

Mais marine, non buissonnière.
Ses leçons sont plus à ma guise,
Ignorante, elle qui serait
De ses élèves la dernière !

Vénus charmant les tableaux noirs :
Figure tracée à la craie,
Enfin Vénus s'effacerait,
Ligne à ligne, de nos mémoires.

Le rendez-vous solitaire

Emprunte aux oiseaux leur auberge
Au feuillage d'ardoise tendre !
Loin des fatigues, ma cycliste,
Qui t'épanouis sur nos berges,
Future fleur comme Narcisse,

Tu sembles toi-même t'attendre.
Mais pour que nul gêneur ne vienne,
Je nomme la Marne gardienne,
Ô peu chaste, de tes appâts.
La Marne fera les cent pas.

Si son eau douce va semblant
Plus douce et plus chaste que d'autres,
Ses désirs pourtant sont les nôtres :
  Voir bouillir à l'heure du thé
  Que l'on prend en pantalon blanc,

  Au soleil, ta virginité.

Nymphe émue

De ta tête, ôte ce panier,
Naguère débordant de fraises,
C'est en prendre trop à son aise,
Tant bien que mal, nymphe, élevée.

Car sur les cendres de tes fraises
Les bravos ont fait relever
Le tulle du lit où repose
La source d'hier, qui se tut.

Nymphe, m'apprivoisent tes cuisses,
Tes jambes à mon cou, statue ;
Je courrais comme ondes bondissent,
Et arrivant en bas se tuent.

(Obligé qui voudrait y boire
Biche, de se mettre à genoux.)

Nymphe pensionnaire des bois
Me conviant à ce goûter,
Pour que commodément je puisse
Tes sauvages fraises brouter,
Demande aux ronces de ces bois
De lever ton tablier noir :

Ardeur de cheminée, à nous
Forestière tu te révèles,
Ton feu je l'allume à genoux
Comme aux sources lorsqu'on y boit.

Les adieux du coq

Que le coq agite sa crête
Où l'entendent les girouettes ;
Adieu, maisons aux tuiles rouges,
Il y a des hommes qui bougent.

Âme ni mon corps n'étaient nés
Pour devenir cette momie
Bûche devant la cheminée
Dont la flamme est ma seule amie.

Vénus aurait mieux fait de naître
Sur le monotone bûcher
Devant lequel je suis couché,
La guettant comme à la fenêtre.

Nous ne sommes pas en décembre ;
Je ne serais guère étonné
Pourtant, si dans la cheminée,
Un beau matin je vois descendre

Vénus en pleurs du ciel chassée,
Vénus dans ses petits sabots.
(De Noël les moindres cadeaux
Sont luxueusement chaussés.)

Mais, Écho ! je sais que tu mens.
Par le chemin du ramoneur,
Comme en un miroir déformant,
Divers fantômes du bonheur,

À pas de loup vers moi venus,
Surprirent corps et âme nus,
— Bonheur, je ne t'ai reconnu
Qu'au bruit que tu fis en partant.

Reste étendue, il n'est plus temps,
Car il vole, âme, et toi tu cours,
Et déjà mon oreille avide,
Suspendue au-dessous du vide,

Ne perçoit que la basse-cour.
Coq, dans la gorge le couteau
Du criminel, chantez encor :
Je veux croire qu'il est trop tôt.

Vénus démasquée

Vénus non seulement me livre
Ses secrets, mais ceux de sa mère :
Jadis je regardais la mer
Comme regarderait les livres

Un enfant qui ne sait pas lire.
Vénus, sans l'aide d'une mère,
D'être venue aux cieux déments
Se vante. Il faut souffrir, déesse,

Qu'un simple élève vous démente.
M'apprendre à lire couramment
Les vagues de la mer qui sont
Maternelles rides d'un ventre,

Voilà bien de vos maladresses !
Et celle d'un naïf garçon

Est ma vengeance : pour le prix
De vos dangereuses leçons,

À me lire je vous appris.

Les fiancés de treize ans

Avec la pointe du canif
(Il ouvre non moins aisément
La coquille chère aux amants,
Qu'un nom s'imprime en l'arbrisseau,

Ou l'amour dans les cœurs naïfs),
Avec la pointe du canif,
Aiderons-nous Vénus à naître ?
L'oursin du désir se hérisse.

À quoi servira ce trousseau,
De Vénus naïve nourrice,
Débordante, écume, de lait
Par toi comme plages ourlé :

Nulle robe ne peut soumettre
Celle qui, puérile nue,
Dans un coquillage vécut,
En attendant le jour de naître.

Rendez-vous au prochain été.
Patience ! La mer nous attend
Tout au bout de cet an scolaire.
Les replis de sa vaste ombrelle

Sauront nos amours abriter
De la maternelle colère.
— Mais toi tu nous comprends, Vénus,
Chère folle, toi qui déjeunes

De soleil et de lune dînes.
Mis à l'école des ondines
On nous apprend à rester jeunes,
À nous qui voudrions vieillir !

À la dînette de la vie,
À peine mis notre couvert,
Peureux d'être découverts
Par la nourrice de son frère

(De sa mère le préféré :
Dernier venu, c'est le premier ;
Aussi bien, tu le sais, Vénus),
Comme oursin peureux se hérisse.

La naïve à qui l'on défend
De mettre un pantalon ouvert.

— Tu vas me trouver bien enfant,
Ondine, si je te demande

De me prêter un des canifs
Qui semblent furtives sardines
Ouvrant le fruit des mers gourmandes.
En échange de ton canif

D'argent, ondine, je dédie
À tes sœurs et à toi l'écorce
Dont je ne sus venir à bout
Assis, couché, ou bien debout,
Trahi par mes naïves forces.

L'étoile de Vénus

Après d'Avril la verte douche,
Dans ton hamac, dans ton étoile,
Au milieu du ciel tu te sèches.
Recommence ! d'une fessée,
Insolente, récompensée.

Sous l'étoile des maraîchers,
Leurs tombereaux de grosses roses
Que par gourmandise l'on baise,
Joues jalouses du châtiment
Que, jaillie hors du gant, ma main,
Frais jet d'eau, inflige à leurs sœurs,

Les fruits qui fondent dans la bouche
Avec le sucre du péché,

Les transporte sur nos marchés
Conduit, Vénus, par ton étoile,
En charrette, un de nos rois mages.
Ils ne t'auront pas empêché
De prendre du ciel le chemin.

Pourquoi donc après être né
Faudrait-il, Vénus, que l'on meure ?
Mais de sa dernière demeure
Déesse, au moins, laisse le choix

À ce serviteur que tu choies
Au point de l'admettre en ta couche.
Au fond du ciel, non de la mer,
Prise aux filets que tu tendis,
Si tu veux, ondine de l'air,
Que ton cœur, ton corps, je réchauffe,
Ne me promets ton paradis,
Mais, dans les Méditerranées,
De dormir où Vénus est née.

Statue ou épouvantail

Les seins du marbre, mes fruits lourds
Arrondis par le lourd soleil,
S'ils rougissent, tout est perdu,
Je les nomme pommes d'amour.

C'est, entier, un verger marin,
À elle seule que Vénus ;
Verger par lui-même trahi !
Car Vénus pendant son sommeil,

Nous livre ses secrets, ses fruits.
(Installé le moineau, corail
Sur ta branche, il la fait plier),
Heureux qui ne doute de rien.

Sans crainte, vagues, picotez
L'arbre du corail effronté :
Dans son rôle d'épouvantail
Vénus manque d'autorité.

Le prisonnier des mers

Le mousse mis en quarantaine,
Sa mère des terres lointaines
Lui fait parvenir des albums
Indéchirables, et son cœur
Ne pourrait pas en dire autant.

C'est le décor des scarlatines ;
On s'y promène sans bouger,
Toujours en chemise de nuit,
Aussi longue que les journées.

Au théâtre des scarlatines
Où meurt le prisonnier des mers,
Jamais on ne boit ni ne mange,
C'est l'apprentissage des anges ;

Son apprentissage fini,
Le prisonnier des mers s'évade,
Il grimpe tout en haut du mât.

Mais les marins ont des fusils.
Oiseau de mer, ange lourdaud,
Une âme retombe dans l'eau.

Parmi, vagues, vos blancs soucis
De pigeons avant le voyage.

Moi je tire à la courte paille,
Pour savoir laquelle de vous
S'en ira prévenir la mère.

Le panier renversé
(Histoire de France)

La vie est sommeil dont nous tire
La mort, par les pieds, les cheveux.

Exauçant mes timides vœux
Comme c'est gentil à vous, reine,
D'avoir voulu, vous, en personne,
M'entr'ouvrir du parc de Versailles
La porte, avec la clef des songes.

Pour me faire à nouveau plaisir
Roulez-vous sur votre gazon
Dont le peuple jaloux disait
Qu'en même temps que vos moutons
Le coiffeur royal le frisait.

Car des deux maris, le jaloux,
Que s'en aillent vos jeux, vos ris
Vers cette bergère : Versailles,
C'était non le roi, mais Paris.

Semblant dans le gazon chercher
De Gygès la bague perdue
Vous vous promeniez entre amies,
Respirant un peu, en cachette.

Un amant, il l'eût pardonné ;
Mais pareils jeux de pensionnaires
Ne les peut comprendre un mari.

Avouez, Marie-Antoinette,
(Et bien qu'en public je sois prêt
À soutenir tout le contraire),
Que ces prétextes de main-chaude,
Les parties de saute-mouton,

Étaient un peu moins innocentes
Que jeux d'agneaux venant de naître.

Un beau jour le mari jaloux,
Pour venir à bout de sa reine
Demande l'aide du docteur.

Elle se morfond et lamente
Dans l'humiliante prison,
Dans cette chemise de nuit
Juste laissant libre la tête.

Vous n'êtes au bout de vos peines,
Marie-Antoinette, sachez
Que ne vous seront inutiles
Aucun des jeux que vous apprîtes.

Puisqu'ils sont bel et bien partis
Les jours des rubans aux paniers,
Passez la tête à la lucarne
Où l'on voit le Prince Charmant.

Et que nulle arrière-pensée
Ne gâche l'ultime partie
De saute-mouton, de main-chaude :
Bientôt votre main sera froide.

Des perles de votre collier
Gygès suivra le pointillé,
Car à ce mince col de cygne
La bague de Gygès suffit

Pour escamoter votre tête.
Du saute-mouton en public
Clandestines sœurs, vos amours,
En serait-ce le souvenir,

Ou le roulement des tambours
(Trapèze !) au moment du péril
Qui vous fait peur, ô débutante ?

Mais, tressé pour des bergeries
Moins sanglantes, de ce panier
Bien que le ruban défleuri
Vous rassure la vue. À tort.

Plus la peine de vous cacher
Parmi les arbres de Versailles,
Mon bel arbuste foudroyé,
Au bout du plaisir, qui, d'un jet
Peu féminin, jusques au ciel
Lancez oiseau et sève mièvre.

C'est le coup de foudre, dit-on.
Soyez plus farouche, ma reine,
Et pour lucidement goûter
La pomme d'amour que vous offre

La mort, oui, le Prince Charmant,
Refusez que l'on vous endorme.

Déjà la vie est long sommeil
Sous les pommiers au bois dormant,
Et ses songes font dire à l'homme
Qu'il ne dort pas. Nous crûmes vivre,
Éternité ! Heureusement
Que de toi la mort nous délivre.

À une promeneuse nue

Prends exemple sur la colline
Qui doit accoucher du raisin.
Elle, des feuilles de ses vignes,
Pourrait aussi se contenter.

Pourtant, des châles en gazon,
De la fourrure des buissons,
Des bonnets, des manchons de thym
Où cachent leurs jeux les lapins,

Elle costume sa beauté.
— Et toi, coquette extravagante,
Qui de ta seule peau te gante,
Avril, tu te crois en été !

La guerre de Cent Ans

Ô girls comme flammes danseuses !
Une biche lèche une rose ;
Avec douceur, bonbon anglais,
Elle s'écroule en mon palais.

Si nos langues ne sont pas sœurs,
Qu'une biche lèche mon âme,
Le guerrier, sous d'expertes flammes,
S'énerve et pourtant vierge meurt.

Que ne suis-je elle ou l'oiseleur,
Belle sous la boule de gui,
Et au miel de votre baiser,
Oiseleur je resterai pris.

De nos bergères les Anglais
Font des bûches pour leur Christmas.

Fond votre langue en mon palais ;
C'est à la mort que ma grimace

S'adresse et non pas à l'amour.
Je n'ai rien de commun, sauf l'âge,
Avec le dédaigneux Narcisse,
Ainsi que Jeanne trop penché

Sur le seul bûcher de son âme.

L'ange

Au front de bon élève, l'ange
Lauré de fleurs surnaturelles.

Pour ne pas manquer ses calculs,
Appliqué, il tire la langue,
Tentant de suivre à cloche-pied,
Au verger des quatre saisons,
Le pointillé de leurs frontières.

La neige, est-ce bon à manger ?
L'ange pillard en a tant mis
Dans sa poche, à jamais il reste
Parmi nous les forçats terrestres
Que cette boule rive au sol,
Faite en neige qu'on croit légère.

Sans cesse empêché dans son vol,
Comme nous dans notre délire,
Cet ange enchaîné bat des ailes,
De ses amis implorant l'aide ;
Aussitôt qu'il s'élève un peu,
Retombe dans les marronniers,
Où la gomme de leurs bourgeons
S'accrochant à ses cheveux d'ange
L'empêche à jamais de nier.

Croyez-vous que ce soit pour rien,
Qu'au poirier le pépiniériste
Laisse blettir ses belles poires ?
C'est qu'on reconnaît le voleur,
À la molle empreinte du doigt.

Mais Dieu examine les mains
Des anges voleurs de framboises,
Des assassins, chaque dimanche,
Et dans les mains les plus sanglantes,
Met des livres dorés sur tranche.

Dites que ce sont vos prisons,
Demande l'ange par trop niais,
Aux deux gendarmes l'emmenant
Avec pièce à conviction,
Dans le char des quatre saisons.

Septentrion, dieu de l'amour

Nous sommes venus voir l'enfant
Qui, de la pauvre Cendrillon
Ayant, paraît-il, hérité,
Peut conduire sans arrêter
Trois jours durant le cotillon.

Le croyez-vous, c'est celui-ci
Qui danse, une étoile à son front,
Comme sur le parquet poli
Où aurait pu glisser Narcisse.
Son étoile en la mer se mire,
Celle qui guide nos marins.

Tous les cadeaux que distribue
Avec sur les yeux un bandeau

L'enfant qui devrait être dieu
Gracieusement aux danseuses
Ravissent leur cœur et leurs yeux.

De mélodieux coquillages
Des danseuses devinant l'âge.

Des jumelles faisant voir nue
Celle dont on rêve la nuit.

Des chapeaux de bizarre forme
Coiffez-vous-en, car ils endorment
Toute peine qui vient du cœur.
Et, sans nulle parcimonie,
Encor des cœurs, beaucoup de cœurs,
Que gauchement elles manient.

Si notre feu dure trois jours
Est-il digne du nom amour ?
Ma belle danseuse inconnue
Consulte à ce sujet Vénus
Bien qu'elle n'ait pas reconnu
Pour fils le vrai dieu de l'amour.

Comment veux-tu que nous croyions
En celui qui ne meurt jamais ?
Le vrai dieu c'est l'enfant aimé
C'est le danseur Septentrion ;
Avec le bal son cœur s'arrête
Et notre amour meurt aussi vite.

Élégie

Araignée. À moins que l'espoir
Du matin dure jusqu'au soir,
La voilette en fils de la vierge
Dérobera notre adultère.

Ariane, faudrait-il taire
Ta chance d'être parvenue
À démêler tous ces mystères
Où s'embrouillait même Vénus
Y perdant pied, perdant haleine,
Comme nous dans ses tendres pièges.

Êtes-vous pelote de laine,
Mon cœur, par la chatte agacé ?

Vierge, voici le fil cassé.
C'est bien de ta faute, Vénus,
Puisque nos cœurs sont la pâture
De tes tigres en miniature.

Et la Parque pendant ce temps
Tisse des bonnets de coton,
Pour que les anges en pantoufles,
Visitant les vivants qui souffrent
Les coiffent telle une bougie

De l'éteignoir. Fais-tu défaut,
Coiffure de mon élégie,
Sur les âmes eux-mêmes soufflent ;
Mais les anges sont des ténors
Se ménageant pour chanter haut
Notre louange, dès la mort.

Poésie

De son amour noircir les murs,
C'est très difficile à la ville ;
Souvent les murs étant de verre
Aux patineurs je porte envie

Mais me contente de mes vers ;
Seuls les voleurs sont assez riches
Pour inscrire sur la vitrine
Le prénom de leur bien-aimée.

Que ton diamant, Poésie,
Une de ces vitrines raye,
Des bavardes boucles d'oreilles.
J'achète ou vole le silence

Pour en orner de roses lobes.
Patineur, la glace est rompue
(En belle anglaise copiée,
Ma poésie, avec ses pieds).

Avec la mort tu te maries...

Avec la mort tu te maries
Sans le consentement des dieux ;
Mais le suicide est tricherie
Qui nous rend aux joueurs odieux,
De leur ciel nous fermant la porte.

Les morts que l'on n'attendait pas
Devant le ciel font les cent pas
Et leurs âmes sont feuilles mortes
Jouets du vent, des quatre vents.

Parce qu'au ciel on garde l'âge
Que l'on avait en arrivant,
Narcisse se donne la mort ;
Il n'y trouve nul avantage,
Sauf la volupté du remords.

S'il tenait tant à son visage,
Que ne pensa-t-il se noyer
Dans la fontaine de Jouvence ?
Toi, colombe dépareillée,
Explique à quoi cela t'avance
De répéter de ce nigaud
La dernière parole ? Écho,
Entendons-nous sous ce bosquet,
Es-tu colombe ou perroquet ?
De ce dernier tu t'autorises,
Paresseuse, pour grimacer
Aux mots d'amour que ton Narcisse
N'eut pas souci de prononcer.

Lui, Narcisse, errant dans les vals
De la mort, et, de roche en roche,
Elle dans la vie, ils se valent.
Ce désœuvrement les rapproche ;
Qu'ils eussent fait un beau ménage !

Fragment d'une élégie

Ciel ! plane au-dessus des saisons.

De notre posthume maison,
Ardoises que souille la neige,
Vous dites assez si les anges
Ont fait leur nid près de ce toit.

Je n'y veux, ange au cœur de neige,
Nulle autre vestale que toi.

Orgues, figues, de Barbarie.

Ève sans nourrice allaitée.

Le nom de Jeanne ou de Marie.

Cimes de vertige, se rient
Des pourpres ardeurs de l'été
Vos durables virginités.

La peur de mourir, mon beau cygne,
À ton chant ôte sa beauté.

En feignant de cacher sa tête,
L'ange avec son bras la souligne.

Au sein de l'amazone, tette
Ce même lait de paradis,
Qui donna la force jadis
De dire sans regret adieu
Au serpent vert, aux vertes pommes.

Prenant pour les éclairs de Dieu
La fausse lumière des hommes,
Comment pourrait se méfier,
L'ange de notre magnésium ?
Le voilà photographié.
....

Un cygne mort...

Un cygne mort ne se remarque
Parmi l'écume au bord du lac.

Léda te voilà bien vengée,
Pense qu'un cygne au tien pareil
D'une aïeule charmant l'oreille
Au premier chant fut égorgé.

Son duvet emplit l'édredon
Sous lequel Léda délaissée
Informe de son abandon
Le passant qui déjà le sait.

Passez, couleurs, puisque tout passe,
À la fin il reste du blanc.
Les anges en peignoir de bain
Sur le sable n'ont laissé trace

De leur passage. Et les dérange
Du chien la nuit quelque aboiement ;
Le simple coup de pied d'un ange
Enseigne au chien comme l'on ment.

Et toi, mon cygne, ma tristesse,
Qu'en attendant Noël j'engraisse,
Les larmes dont ton cœur est plein
Empêchent le sang de tacher
Le sable sur lequel Léda
Pour un cygne se suicida.
Son linge, ses larmes séchés,
L'ange s'élance du tremplin.

Table

Introduction 7

Esprit de Raymond Radiguet,
  par Max Jacob 13

Avant-propos de Raymond Radiguet 15

Le langage des fleurs ou des étoiles 19
Incognito 21
Un soir d'août 23
Tombola 25
Déjeuner de soleil 27
Une carte postale : les quais de Paris 29
Emploi du temps 31
Paul et Virginie 33
Amélie 35
Lettres d'un alphabet 37
Halte 41

Tombeau de Vénus 43

Déplacements et villégiatures 45

Automne 47

Bouquet de flammes… 49

L'école du soir 51

Le rendez-vous solitaire 53

Nymphe émue 55

Les adieux du coq 57

Vénus démasquée 61

Les fiancés de treize ans 63

L'étoile de Vénus 67

Statue ou épouvantail 69

Le prisonnier des mers 71

Le panier renversé (Histoire de France) 73

À une promeneuse nue 79

La guerre de Cent Ans 81

L'ange 83

Septentrion, dieu de l'amour 85

Élégie 89

Poésie 91

Avec la mort tu te maries… 93

Fragment d'une élégie 95

Un cygne mort… 97

Dans la collection Les Cahiers Rouges

Paul Alexis, Henry Céard, Léon Hennique, JK Huysmans, Guy de Maupassant, Émile Zola *Les Soirées de Médan*

Lou Andreas-Salomé *Friedrich Nietzsche à travers ses œuvres*

Joseph d'Arbaud *La Bête du Vaccarès*

Jacques Audiberti *Les Enfants naturels ■ L'Opéra du monde*

Marguerite Audoux *Marie-Claire suivi de l'Atelier de Marie-Claire*

François Augiéras *L'Apprenti sorcier ■ Domme ou l'essai d'occupation ■ Un voyage au mont Athos ■ Le Voyage des morts*

Marcel Aymé *Clérambard ■ Vogue la galère*

Jules Barbey d'Aurevilly *Les Quarante médaillons de l'Académie*

Charles Baudelaire *Lettres inédites aux siens*

Bayon *Haut fonctionnaire*

Béatrix Beck *La Décharge ■ Josée dite Nancy ■ L'enfant chat*

Jurek Becker *Jakob le menteur*

Max Beerbohm *L'Hypocrite heureux*

Louis Begley *Une éducation polonaise*

Julien Benda *Tradition de l'existentialisme ■ La Trahison des clercs*

Yves Berger *Le Sud*

Emmanuel Berl *La France irréelle ■ Méditation sur un amour défunt ■ Rachel et autres grâces*

Emmanuel Berl, Jean d'Ormesson *Tant que vous penserez à moi*

Tristan Bernard *Mots croisés*

Princesse Bibesco *Catherine-Paris ■ Le Confesseur et les poètes*

Ambrose Bierce *Histoires impossibles ■ Morts violentes*

Lucien Bodard *La Vallée des roses*

Alain Bosquet *Une mère russe*

Jacques Brenner *Les Petites filles de Courbelles*

André Breton, Lise Deharme, Julien Gracq, Jean Tardieu *Farouche à quatre feuilles*

André Brincourt *La Parole dérobée*

Charles Bukowski *Au sud de nulle part ■ Factotum ■ L'amour est un chien de l'enfer (t1) ■ L'amour est un chien de l'enfer (t2) ■ Journal d'un vieux dégueulasse ■ Le Postier ■ Souvenirs d'un pas grand-chose ■ Women*

Anthony Burgess *Pianistes*
Michel Butor *Le Génie du lieu*
Erskine Caldwell *Une lampe, le soir…*
Henri Calet *Contre l'oubli* ■ *Le Croquant indiscret*
Truman Capote *Prières exaucées*
Hans Carossa *Journal de guerre*
Blaise Cendrars *Hollywood, la mecque du cinéma* ■ *Moravagine* ■ *Rhum, l'aventure de Jean Galmot* ■ *La Vie dangereuse*
Paul Cézanne *Correspondance*
André Chamson *L'Auberge de l'abîme* ■ *Le Crime des justes*
Jacques Chardonne *Ce que je voulais vous dire aujourd'hui* ■ *Claire* ■ *Lettres à Roger Nimier* ■ *Propos comme ça* ■ *Les Varais* ■ *Vivre à Madère*
Edmonde Charles-Roux *Stèle pour un bâtard*
Alphonse de Châteaubriant *La Brière*
Bruce Chatwin *En Patagonie* ■ *Les Jumeaux de Black Hill* ■ *Utz* ■ *Le Vice-roi de Ouidah*
Jacques Chessex *L'Ogre*
Hugo Claus *La Chasse aux canards*
Emile Clermont *Amour promis*
Jean Cocteau *La Corrida du 1er mai* ■ *Les Enfants terribles* ■ *Essai de critique indirecte* ■ *Journal d'un inconnu* ■ *Lettre aux Américains* ■ *La Machine infernale* ■ *Portraits-souvenir* ■ *Reines de la France*
Pierre Combescot *Les Filles du Calvaire*
Vincenzo Consolo *Le Sourire du marin inconnu*
John Cowper Powys *Camp retranché*
Jean-Louis Curtis *La Chine m'inquiète*
Salvador Dalí *Les Cocus du vieil art moderne*
Léon Daudet *Les Morticoles* ■ *Souvenirs littéraires*
Edgar Degas *Lettres*
Joseph Delteil *Choléra* ■ *La Deltheillerie* ■ *Jeanne d'Arc* ■ *Jésus II* ■ *Lafayette* ■ *Les Poilus* ■ *Sur le fleuve Amour*
Jean Desbordes *J'adore*
André Dhôtel *Le Ciel du faubourg* ■ *L'Île aux oiseaux de fer*
Charles Dickens *De grandes espérances*
Maurice Donnay *Autour du chat noir*
Alexandre Dumas *Catherine Blum* ■ *Jacquot sans Oreilles*
Umberto Eco *La Guerre du faux*
Ralph Ellison *Homme invisible, pour qui chantes-tu ?*
Oriana Fallaci *Un homme*
Dominique Fernandez *Porporino ou les mystères de Naples*
Ramon Fernandez *Messages* ■ *Molière ou l'essence du génie comique* ■ *Proust*
A. Ferreira de Castro *Forêt vierge* ■ *La Mission* ■ *Terre froide*

Francis Scott Fitzgerald *Gatsby le Magnifique* ■ *Un légume*
Max-Pol Fouchet *La Rencontre de Santa Cruz*
Georges Fourest *La Négresse blonde suivie de Le Géranium Ovipare*
Jean Freustié *Le Droit d'aînesse* ■ *Proche est la mer*
Max Frisch *Stiller*
Carlo Emilio Gadda *Le Château d'Udine*
Matthieu Galey *Les Vitamines du vinaigre*
Claire Gallois *Une fille cousue de fil blanc*
Gabriel García Márquez *L'Automne du patriarche* ■ *Chronique d'une mort annoncée* ■ *Des feuilles dans la bourrasque* ■ *Des yeux de chien bleu* ■ *Les Funérailles de la Grande Mémé* ■ *L'Incroyable et triste histoire de la candide Erendira et de sa grand-mère diabolique* ■ *La Mala Hora* ■ *Pas de lettre pour le colonel* ■ *Récit d'un naufragé*
David Garnett *La Femme changée en renard*
Paul Gauguin *Lettres à sa femme et à ses amis*
Maurice Genevoix *La Boîte à pêche* ■ *Raboliot*
Natalia Ginzburg *Les Mots de la tribu*
Jean Giono *Colline* ■ *Jean le Bleu* ■ *Mort d'un personnage* ■ *Naissance de l'Odyssée* ■ *Que ma joie demeure* ■ *Regain* ■ *Le Serpent d'étoiles* ■ *Un de Baumugnes* ■ *Les Vraies richesses*
Jean Giraudoux *Adorable Clio* ■ *Bella* ■ *Eglantine* ■ *Lectures pour une ombre* ■ *La Menteuse* ■ *Siegfried et le Limousin* ■ *Supplément au voyage de Cook* ■ *La guerre de Troie n'aura pas lieu*
Ernst Glaeser *Le Dernier civil*
Nadine Gordimer *Le Conservateur*
William Goyen *Savannah*
Jean Guéhenno *Changer la vie*
Yvette Guilbert *La Chanson de ma vie*
Louis Guilloux *Angélina* ■ *Dossier confidentiel* ■ *Hyménée* ■ *La Maison du peuple*
Benoîte Groult *Ainsi soit-elle*, précédé de *Ainsi soient-elles au XXIe siècle*
Jean-Noël Gurgand *Israéliennes*
Kléber Haedens *Adios* ■ *L'Été finit sous les tilleuls* ■ *Magnolia-Jules/L'école des parents* ■ *Une histoire de la littérature française*
Daniel Halévy *Pays parisiens*
Knut Hamsun *Au pays des contes* ■ *Vagabonds*
Joseph Heller *Catch 22*
Louis Hémon *Battling Malone, pugiliste* ■ *Monsieur Ripois et la Némésis*

Pierre Herbart *Histoires confidentielles*
Hermann Hesse *Siddhartha*
Louis Hémon *Maria Chapdelaine*
Panaït Istrati *Les Chardons du Baragan*
Henry James *Les Journaux*
Pascal Jardin *Guerre après guerre suivi de La guerre à neuf ans*
Alfred Jarry *Les Minutes de Sable mémorial*
Marcel Jouhandeau *Les Argonautes ■ Elise architecte*
Philippe Jullian, Bernard Minoret *Les Morot-Chandonneur*
Ernst Jünger *Rivarol et autres essais ■ Le contemplateur solitaire*
Franz Kafka *Journal ■ Tentation au village*
Comte Kessler *Cahiers 1918-1937*
Rudyard Kipling *Souvenirs de France*
Paul Klee *Journal*
Jean de La Varende *Le Centaure de Dieu*
Jean de La Ville de Mirmont *L'Horizon chimérique*
Armand Lanoux *Maupassant, le Bel-Ami*
Jacques Laurent *Croire à Noël ■ Le Petit Canard*
Louis-Adhémar-Timothée Le Golif *Cahiers de Louis-Adhémar-Timothée Le Golif, dit Borgnefesse, capitaine de la flibuste*
Paul Léautaud *Bestiaire*
G. Lenotre *Napoléon – Croquis de l'épopée ■ La Révolution française ■ Versailles au temps des rois*
Primo Levi *La Trêve*
Suzanne Lilar *Le Couple*
Malcolm Lowry *Sous le volcan*
Pierre Mac Orlan *Marguerite de la nuit*
Maurice Maeterlinck *Le Trésor des humbles*
Vladimir Maïakowski *Théâtre*
Norman Mailer *Les Armées de la nuit ■ Pourquoi sommes-nous au Vietnam ? ■ Un rêve américain*
Antonine Maillet *Les Cordes-de-Bois ■ Pélagie-la-Charrette*
Curzio Malaparte *Technique du coup d'État*
Luigi Malerba *Saut de la mort ■ Le Serpent cannibale*
Eduardo Mallea *La Barque de glace*
André Malraux *La Tentation de l'Occident*
Clara Malraux *...Et pourtant j'étais libre ■ Nos vingt ans*
Heinrich Mann *Professeur Unrat (l'Ange bleu) ■ Le Sujet!*
Klaus Mann *La Danse pieuse ■ Mephisto ■ Symphonie pathétique ■ Le Volcan*
Thomas Mann *Altesse royale ■ Les Maîtres ■ Mario et le magicien ■ Sang réservé*
Claude Mauriac *Aimer de Gaulle ■ André Breton*

François Mauriac — *Les Anges noirs* ∎ *Les Chemins de la mer* ∎ *De Gaulle* ∎ *Le Mystère Frontenac* ∎ *La Pharisienne* ∎ *La Robe prétexte* ∎ *Thérèse Desqueyroux*

Jean Mauriac — *Mort du général de Gaulle*

André Maurois — *Ariel ou la vie de Shelley* ∎ *Le Cercle de famille* ∎ *Choses nues* ∎ *Don Juan ou la vie de Byron* ∎ *René ou la vie de Chateaubriand* ∎ *Les Silences du colonel Bramble* ∎ *Tourguéniev* ∎ *Voltaire*

Frédéric Mistral — *Mireille/Mirèio*

Thyde Monnier — *La Rue courte*

Anatole de Monzie — *Les Veuves abusives*

George Moore — *Mémoires de ma vie morte*

Paul Morand — *Air indien* ∎ *Bouddha vivant* ∎ *Champions du monde* ∎ *L'Europe galante* ∎ *Lewis et Irène* ∎ *Magie noire* ∎ *Rien que la terre* ∎ *Rococo*

Alvaro Mutis — *La Dernière escale du tramp steamer* ∎ *Ilona vient avec la pluie* ∎ *La Neige de l'Amiral*

Vladimir Nabokov — *Chambre obscure*

Sten Nadolny — *La Découverte de la lenteur*

V.S. Naipaul — *Le Masseur mystique*

Irène Némirovsky — *L'Affaire Courilof* ∎ *Le Bal* ∎ *David Golder* ∎ *Les Mouches d'automne précédé de La Niania et Suivi de Naissance d'une révolution*

Gérard de Nerval — *Poèmes d'Outre-Rhin*

Harold Nicolson — *Journal 1936-1942*

Paul Nizan — *Antoine Bloyé*

François Nourissier — *Un petit bourgeois*

René de Obaldia — *Le Centenaire* ∎ *Innocentines* ∎ *Exobiographie*

Edouard Peisson — *Hans le marin* ∎ *Le Pilote* ∎ *Le Sel de la mer*

Sandro Penna — *Poésies* ∎ *Un peu de fièvre*

Joseph Peyré — *L'Escadron blanc* ∎ *Matterhorn* ∎ *Sang et Lumières*

Charles-Louis Philippe — *Bubu de Montparnasse*

André Pieyre de Mandiargues — *Le Belvédère* ∎ *Deuxième Belvédère* ∎ *Feu de Braise*

Raoul Ponchon — *La Muse au cabaret*

Henry Poulaille — *Pain de soldat* ∎ *Le Pain quotidien*

Bernard Privat — *Au pied du mur*

Annie Proulx — *Cartes postales* ∎ *Nœuds et dénouement*

Raymond Radiguet — *Le Diable au corps suivi de Le bal du comte d'Orgel* ∎ *Les Joues en feu*

Charles-Ferdinand Ramuz — *Aline* ∎ *Derborence* ∎ *Le Garçon savoyard* ∎ *La Grande peur dans la montagne* ∎ *Jean-Luc persécuté* ∎ *Joie dans le ciel*

Jean-François Revel — *Sur Proust*

André de Richaud — *L'Amour fraternel* ■ *La Barette rouge* ■ *La Douleur* ■ *L'Etrange Visiteur* ■ *La Fontaine des lunatiques*

Rainer-Maria Rilke — *Lettres à un jeune poète*

Christine de Rivoyre — *Boy* ■ *Le Petit matin*

Marthe Robert — *L'Ancien et le Nouveau*

Christiane Rochefort — *Archaos* ■ *Printemps au parking* ■ *Le Repos du guerrier*

Auguste Rodin — *L'Art*

Daniel Rondeau — *L'Enthousiasme*

Henry Roth — *L'Or de la terre promise*

Jean-Marie Rouart — *Ils ont choisi la nuit*

Mark Rutherford — *L'Autobiographie de Mark Rutherford*

Maurice Sachs — *Au temps du Bœuf sur le toit*

Vita Sackville-West — *Au temps du roi Edouard*

Sainte-Beuve — *Mes chers amis...*

Claire Sainte-Soline — *Le Dimanche des Rameaux*

Peter Schneider — *Le Sauteur de mur*

Leonardo Sciascia — *L'Affaire Moro* ■ *Du côté des infidèles* ■ *Pirandello et la Sicile*

Jorge Semprun — *Quel beau dimanche*

Victor Serge — *Les Derniers temps* ■ *S'il est minuit dans le siècle*

Friedrich Sieburg — *Dieu est-il Français ?*

Ignazio Silone — *Fontarama* ■ *Le Secret de Luc* ■ *Une poignée de mûres*

Alexandre Soljenitsyne — *L'Erreur de l'Occident*

Osvaldo Soriano — *Jamais plus de peine ni d'oubli* ■ *Je ne vous dis pas adieu...* ■ *Quartiers d'hiver*

Philippe Soupault — *Poèmes et poésies*

Roger Stéphane — *Chaque homme est lié au monde* ■ *Portrait de l'aventurier*

André Suarès — *Vues sur l'Europe*

Pierre Teilhard de Chardin — *Ecrits du temps de la guerre (1916-1919)* ■ *Genèse d'une pensée* ■ *Lettres de voyage*

Paul Theroux — *La Chine à petite vapeur* ■ *Patagonie Express* ■ *Railway Bazaar* ■ *Voyage excentrique et ferroviaire autour du Royaume-Uni*

Roger Vailland — *Bon pied bon œil* ■ *Les Mauvais coups* ■ *Le Regard froid* ■ *Un jeune homme seul*

Vincent Van Gogh — *Lettres à son frère Théo* ■ *Lettres à Van Rappard*

Giorgio Vasari — *Vies des artistes*

Vercors — *Sylva*

Paul Verlaine — *Choix de poésies*

Frédéric Vitoux — *Bébert, le chat de Louis-Ferdinand Céline*

Ambroise Vollard — *En écoutant Cézanne, Degas, Renoir*

Kurt Vonnegut — *Galápagos* ■ *Barbe-Bleue*

Jakob Wassermann — *Gaspard Hauser*

Mary Webb *Sarn*
Kenneth White *Lettres de Gourgounel* ■ *Terre de diamant*
Walt Whitman *Feuilles d'herbe*
Oscar Wilde *Aristote à l'heure du thé*
Jean-Didier Wolfromm *Diane Lanster* ■ *La Leçon inaugurale*
Émile Zola *Germinal*
Stefan Zweig *Brûlant secret* ■ *Le Chandelier enterré* ■ *Erasme* ■ *Fouché* ■ *Marie Stuart* ■ *Marie-Antoinette* ■ *La Peur* ■ *La Pitié dangereuse* ■ *Souvenirs et rencontres* ■ *Un caprice de Bonaparte*

Cet ouvrage a été imprimé par
••••••••••••••••••
en •••••• *2012*
pour le compte des Éditions Grasset,
61, rue des Saints-Pères, 75006 Paris.

Ce volume a été composé
par FACOMPO à Lisieux (Calvados)

Nº d'édition : 17127. – Nº d'impression : ••••••/•
Dépôt légal : mars 2012
Imprimé en France